DEUILS

ET

ESPÉRANCES

PAR

UNE FRANÇAISE

J'ai des chants pour toutes ses gloires,
Des larmes pour tous ses malheurs.
C. DELAVIGNE.

PARIS
SANDOZ et FISCHBACHER
LIBRAIRES-ÉDITEURS
33 Rue de Seine.

NEUCHATEL
LIBRAIRIE GÉNÉRALE
de
J. SANDOZ

1872

DEUILS ET ESPÉRANCES

DEUILS

ET

ESPÉRANCES

PAR

UNE FRANÇAISE

J'ai des chants pour toutes ses gloires,
Des larmes pour tous ses malheurs.

C. DELAVIGNE.

NEUCHATEL
LIBRAIRIE GÉNÉRALE DE J. SANDOZ

—

1872

A MA PATRIE!

J e t'aime assez, ô ma patrie !
U Pour te dire la vérité :
Je place dans ta main meurtrie
Mon gage de fidélité.

Mais ce n'est pas le vœu qui lie,
Pour un jour, le flatteur banal.
C'est le serment de Cordélie :
Lèvre sincère, cœur loyal.

6

Ton passé garde plus d'un crime.
Que servirait de le cacher ?
Il faut que ta main magnanime
Dans ton sein aille les chercher,

Et sans craindre la meurtrissure,
Ainsi que l'antique héros,
Arrache au fond de ta blessure
Le dard qui resta dans tes os.

1870.

LE CHANT DU DÉPART

EN 1870.

Partez, jeunes soldats! à vaincre on vous convie;
Objets de notre amour, partez pour les combats.
Adressez en chantant vos adieux à la vie,
Au foyer, au bonheur... Partez, jeunes soldats !

Qui vous a conviés à l'arène guerrière
Où s'en vont en chantant ceux qu'on mène mourir?
L'ennemi foule-t-il le sol de la frontière,
Ou pour la liberté faut-il vaincre ou périr ?

Allez-vous délivrer quelque peuple de frères
Gémissant sous le joug d'un tyran inhumain,
Reviendrez-vous bénis par leurs sœurs et leurs mères,
    Si vous nous revenez demain ?

Partez, jeunes soldats! à vaincre on vous convie;
Objets de notre amour, partez pour les combats.
Adressez en chantant vos adieux à la vie,
Au foyer, au bonheur... Partez, jeunes soldats!

Je n'ai pas entendu mugir dans nos campagnes,
Torrent impétueux, l'esprit national;
Je n'ai pas vu briller de la plaine aux montagnes
D'une française ardeur l'héroïque signal ;
J'ai vu nos paysans courbés sur leurs charrues
N'adresser à leurs fils que de muets adieux,
Et les femmes en deuil gémissant dans nos rues
    Sans oser implorer les dieux.

Partez, jeunes soldats! à vaincre on vous convie;
Objets de notre amour, ravis pour les combats,
Adressez en chantant vos adieux à la vie,
Au foyer, au bonheur... Partez, jeunes soldats!

Ceux qui mourront là-bas... dans leurs tombes sanglantes
Dormiront-ils en paix parmi les étrangers?
Et ceux qui reviendront vers leurs mères mourantes
Que rapporteront-ils après tant de dangers?
Sera-ce le Pays, ou le Prince, ou l'armée
Qui gagnera l'enjeu qu'un autre aura perdu?
A qui donc le pouvoir, à qui la renommée
    Qu'achète le sang répandu?

Partez, jeunes soldats! à vaincre on vous convie;
Objets de notre amour, partez pour les combats.
Adressez en chantant vos adieux à la vie,
Au foyer, au bonheur... Partez, jeunes soldats!

Un jour, dans vos foyers, racontez cette histoire
A ceux qui grandiront pour le siècle à venir,
Et, témoins des fléaux d'une farouche gloire,
Lorsqu'on vous parlera de lauriers à cueillir :
« Ne les déchaînez plus sur nos fertiles plaines —
Direz-vous à vos fils — mais, paisibles vainqueurs,
Faites au nom Français des gloires plus humaines
  Qui nous asservissent les cœurs ! »

Adieu! jeunes soldats, à vaincre on vous convie;
Objets de notre amour, ravis pour les combats,
Puissions-nous avant vous, hélas ! quittant la vie
Vous précéder au ciel... Adieu! jeunes soldats!

1870.

GLOIRE ET LIBERTÉ

Hélas! ils sont partis nos époux et nos frères.
Peut-être jamais plus nous ne les reverrons.
Ils sont partis au bruit de leurs hymnes guerrières,
Tuer d'autres époux et les fils d'autres mères,
Qui peut-être demain, au delà des frontières,
Maudiront nos enfants, quand nous les pleurerons.

Dans quel but ? Avions-nous aux campagnes Germaines
Des chaînes à briser, un peuple à secourir,
Qu'il nous faille couvrir sur leurs humides plaines
Les prés et les moissons de dépouilles humaines,
Rougir de notre sang les ondes des fontaines
Et pour donner la mort à la mort accourir ?

Soldat, hier encor au comice primaire
Tu venais, plein d'espoir, offrir à l'Empereur,
Qui promettait la paix par la voix de ton maire,
Le *Oui* qu'il demandait... Citoyen débonnaire,
Honnête laboureur, quel souffle sanguinaire
Te transforme en farouche et fier envahisseur ?

Vas-tu, le cœur léger, combattre en homme libre ?
Ou, le cœur plein d'espoir, succomber en martyr ?
Pars-tu pour délivrer la Vistule ou le Tibre ?
Ce cri de liberté dont ta poitrine vibre,
Et qui fait tressaillir en ton cœur chaque fibre,
Est-il un chant de mort, d'amour, ou d'avenir ?

Quoi!.. ce cri de fureur, cette parole atroce :

« Marchons, qu'un sang impur abreuve nos sillons, »

Serait l'hymne d'amour, funèbre chant de noce,

Qui pourrait réunir dans une même fosse

La liberté si pure et le peuple féroce,

L'un par l'autre immolés sur de sanglants haillons ?

Français !.. jusqu'à ce jour avez-vous pu le croire ?

Aux siècles à venir le croirez-vous encor ?

Interrogez les temps, interrogez l'histoire :

Vos combats sont écrits au livre de mémoire.

Quels fruits retirez-vous d'une stérile gloire ?

Servitude, ignorance, et vertus de décor !

Un peuple de soldats est un peuple d'esclaves.

De celui qui convoite à celui qui jouit,

Tous ont des saints devoirs secoué les entraves.

Théâtres, cabarets, ouvrez-vous pour ces braves!

Quand ils ont ri de tout, surtout des choses graves,

De leur esprit vainqueur l'éclat les éblouit.

O Français, sachez-le! la liberté n'est femme
Que par la pureté! — Parmi tous les humains
Repoussant les amants dont le regard de flamme
Parle de passion égoïste et sans âme,
Quand vous la poursuiviez d'un vain épithalame,
Aux fils de vos proscrits elle tendait les mains!

Les foyers puritains couvaient des âmes fortes,
Austères légions, dont la mâle fierté
De courage civil sait armer des cohortes.
La foi, le dévouement n'y sont pas lettres mortes.
Là les temples du Christ ont inscrit sur leurs portes:
L'Évangile est amour, lumière et liberté.

1870.

LA FIANCÉE FRANÇAISE

Laisse-moi courir à la gloire
O mes amours ! je reviendrai ;
Ceint des lauriers de la victoire,
Pour toujours je t'appartiendrai.

— Mais si tu pars, je reste seule ;
Mon frère aîné part avec toi,
Que feront la mère et l'aïeule,
S'il ne leur reste plus que moi ?

— Pendant le temps de la souffrance

L'Espérance consolera,

Après le temps de l'espérance

Le bonheur dédommagera. —

Ils partent... et la fiancée

Retourne seule à son foyer.

Sous la tâche qu'ils ont laissée

On la voit pâlir et ployer.

Mais bientôt cette double tâche

S'allége trop... pour son malheur.

Sous les cyprès un tertre cache

Ses deux compagnes de douleur.

Loin du pays la sentinelle

Pendant la nuit rêve tout bas;

L'ennemi passe tout près d'elle

Le fiancé ne l'entend pas...

Car malgré le froid et la bise
Il croit être près du foyer,
Il rêve d'embrasser Louise...
Et la mort vient le réveiller.

La blanche neige fut sa couche.
Dans le silence de ce lieu,
La douce lune sur sa bouche
Vint poser le baiser d'adieu.

Pendant longtemps la fiancée
A pleuré le frère et l'ami,
Puis sous le tertre enfin placée
Près de sa mère elle a dormi.

30 Juillet 1870.

2

LA FIANCÉE ALLEMANDE

Une blonde étrangère,
En gardant son troupeau,
A d'une main légère
Fait tourner son fuseau.

En gardant son troupeau
Elle chante un cantique,
Fait tourner son fuseau
D'un air mélancolique.

Elle chante un cantique
En regardant là-bas;
D'un air mélancolique
Elle traîne ses pas.

En regardant là-bas
La frontière lointaine,
Elle traîne ses pas
Sur l'herbe de la plaine.

La frontière lointaine...
Qu'elle a sombre lueur !
Sur l'herbe de la plaine
Passe un vent destructeur.

Qu'il a sombre lueur
Le feu de la bataille !
Passe un vent destructeur
Qui sème la mitraille.

Le feu de la bataille
Tout près s'est allumé ;
Il sème la mitraille
Dans le bois enflammé.

Tout près s'est allumé
L'incendie au village ;
Dans le bois enflammé
On se bat avec rage.

L'incendie au village !..
Hélas ! que devenir ?
On se bat avec rage,
Mon Wilhelm va périr !

Hélas ! que devenir ?
J'entends crier victoire :
Mon Wilhelm va périr !
Maudite soit leur gloire !

J'entends crier Victoire !
Pour moi c'est un forfait !
Maudite soit leur gloire
Que leur avions-nous fait ?

C'est pour elle un forfait !
Ah ! plaignons l'étrangère.
Que nous avait-il fait
L'époux de la bergère ?

5 Août 1870.

LES DIFFAMATEURS

A Monseigneur P.

Qu'êtes-vous donc, vous, qui semez
La discorde et la défiance ?
Qui choisissez et qui nommez
Des victimes à la vengeance ?

N'est-ce pas assez de douleurs,
Sans qu'à de lugubres folies
De vos perfides homélies
S'ajoutent les saintes fureurs ?

Si la noble France meurtrie,
Malgré d'héroïques efforts,
Voit au loin se joncher de morts
Le sol sacré de la Patrie,

N'avez-vous pas longtemps travaillé pour cela?
Ne l'avez-vous pas mise, esclave et confiante,
Sous le joug insensé de la main imprudente
Qui l'a conduite... aveugle... jusque-là?

Les fruits amers de votre fanatisme,
Ce qui nous a livrés, ce qui nous a perdus,
Vous l'appeliez un saint patriotisme,
Et vous traitiez d'espions à la Prusse vendus
Les citoyens, dont l'honnête civisme
Doutait que les Germains par nous fussent battus.
Et que prépariez-vous pour aider à la France?
Votre or allait à Rome, et les murs des couvents
Sur des milliers de ses enfants,

Son amour et son espérance,
Étendaient l'ombre de la mort,
Leur déniant le noble sort
De mourir pour sa délivrance.

Et maintenant dites-le nous
Pour son salut que faites-vous ?

A défaut d'armes plus viriles,
Vous mettez en des mains serviles
Des plumes enduites de fiel,
Qui savent mélanger le venin dans le miel.

Vous-mêmes ajoutez l'exemple,
Et, faisant lire dans vos temples
Vos mandements calomnieux,
Vous osez invoquer les cieux...

Mais vous!.. vous, qui troublez ainsi la nation,
Et la déshonorez après l'avoir perdue...
Quel nom porterez-vous quand vous l'aurez vendue
Aux calculs ténébreux de votre ambition?

1870.

A MONSEIGNEUR DE ***

C'est Dieu qui protége la France,
Avez-vous dit, ô Monseigneur !
Mais c'est l'armée en sa vaillance
Qui protége son Empereur.
Rempart vivant, elle se place
Entre ses jours et le danger,
Et son Empereur avec grâce
Daigne se laisser protéger.

Que plus haut monte l'hécatombe
De nos époux, de nos enfants,
Si l'Allemand trébuche et tombe
Sous nos murs noircis et sanglants,
Au nom du Dieu de l'Évangile
Vous chanterez vos Laudamus,
Et dans la langue de Virgile
Réciterez vos Orémus.

Lorsque la Prusse perd un prince,
Nous ne perdons que nos soldats,
Et tout au plus une province...
Mais l'Empereur dans ces combats
Se porte bien! Cette nouvelle
Vous résigne à notre malheur:
Rendez grâces, et de plus belle
Entonnez: Vive l'Empereur!

1870.

AUX ARMES CAPUCINS !

Rejetez vos bruns scapulaires,
Prêtres, capucins, levez-vous !
Sortez de vos sombres suaires !
Prenez l'habit, les droits, et les devoirs de tous.

Laissez l'ombre des monastères
Pour la lumière du foyer.
Il a des devoirs plus austères
Que l'homme impunément ne saurait oublier,

Abandonnez la confrérie
Pour cette grande humanité,
Où l'Apôtre, qui vit et prie,
Joint l'exemple qui parle aux mots de vérité.

Sans discipline et sans cilice
Sont les plus humbles repentirs.
Le monde est pour nous une lice,
Où Jésus seul connaît et compte ses martyrs.

Descendez-y, soyez nos frères
Aux combats des tentations.
Buvez à ces coupes amères
Que nous versent parfois d'humaines passions.

Ayez la femme bien-aimée,
Dont la main presse notre main,
Douce vie... un instant charmée,
Que l'absence ou la mort peut désoler demain.

Ayez l'enfant, ce don fragile
Que nous font la terre et les cieux,
Pure essence, et vase d'argile,
Qui met l'amour, la crainte et l'espoir dans nos yeux.

Que vos sueurs de notre terre
Fécondent aussi les sillons.
Quand retentit le cri de guerre,
Moines! soyez soldats, formez vos bataillons.

Soyez les fils de la Patrie !
Qu'elle puisse compter sur vous.
Défendez sa terre chérie,
Et que l'impôt du sang soit la dette de tous.

Prenez place sous les bannières
De la paix, de la charité,
Mais sachez courir aux frontières
Pour défendre le sol conquis et dévasté.

Rejetez vos bruns scapulaires,

Vivez, et combattez surtout;

Sortez de vos sombres suaires,

Prêtres et Capucins! aux armes et debout!

17 Août 1870.

LA MORT

D'UNE JEUNE FILLE DES VOSGES

(Épisode de l'invasion des Badois en 1870).

La nature sourit, à chaque aube nouvelle,
Aux baisers du soleil, son époux glorieux ;
Et de blanches vapeurs, épouse chaste et belle,
Se voile, en rougissant, sous son œil radieux.

Non loin du cimetière où le vieillard débile
Cherche déjà sa place à l'ombre de la Croix,
Près du clocher béni, dont l'humble campanile
A la vie, à la mort prête une sainte voix,

Voyez cette chaumière, où la vierge timide
Après avoir prié, souriant au matin,
Va de son pas léger et de sa main rapide
Préparer en chantant le rustique festin.

Puis sous le bois touffu, dont l'épaisse ramure
Abrite des oiseaux les nids et les amours,
Du soldat endormi voyez briller l'armure;
L'Allemand peut dormir, ses chefs veillent toujours!

Car ces braves guerriers,
Portant sur leurs cimiers
Une pointe dorée,
Sont du cruel Werder
La farouche landwehr
Justement abhorrée.

. . . .

Le seuil s'est entr'ouvert.
Sur le chemin couvert

L'aube dissipe l'ombre ;
Le paysan Français
Sur le taillis épais
Fixe son regard sombre.

« — Refermez le volet ;
« Chargez sur le mulet
« Le linge de famille,
« L'argent de la maison ;
« Et sur le vieux grison
« Placez la jeune fille.

« Par derrière la cour,
« Avant qu'il soit grand jour,
« Fuyez sur la montagne !
« Point de cris… ils sont là…
« Mon fils ! emmène-la.
« Que Dieu vous accompagne. »

. . . .

. . . .

Mais les chefs attentifs

Ont vu ces fugitifs :

Sur les pentes voisines

Le réveil est sonné.

Le signal est donné

D'armer les carabines.

Deux fois on avertit,

Et le coup retentit…

Et la balle sifflante

Étend, vers la hauteur,

Le jeune conducteur

Sur la mousse sanglante.

Puis on entend des cris…

Le baudet a repris,

Guidé par l'épouvante,
Le chemin de son toit ;
Un soldat l'aperçoit,
Et d'une voix bruyante :

« — Pourquoi si loin de nous,
« La belle, voulez-vous
« Courir à perdre haleine ?
« Dissipez votre effroi.
« Je n'exige pour moi
« Qu'un baiser, belle Hélène ! »

Mais devant sa pâleur,
Touché de sa douleur,
Voyant qu'elle chancelle,
Le soldat généreux
Dans ses bras vigoureux
L'enlève de la selle.

« — Ne crains rien, mon enfant !
« Le Dieu qui te défend

« Exauce ta prière.

« Prends courage et, crois moi,

« Va cacher ton émoi

« Dans le sein de ta mère. »

. . . .

Lors le frère sanglant

Arrive en chancelant ;

Sa blessure est mortelle ;

Mais il veut protéger

Sa sœur.., ou la venger

Et mourir auprès d'elle.

Eh ! ne la voit-il pas

Pleurant entre leurs bras ?

Qu'attendre davantage ?

Pour venger cet affront

L'éclair n'est pas plus prompt

Que l'effet de sa rage !

Il arme un révolver,
Et le brave landwehr
Frappé tombe en arrière.
Trois fois il tire encor ;
Trois casques pointés d'or
Roulent dans la poussière.

Les chefs, conseil tenu,
Ont d'abord résolu
De *punir* le village :
Le devoir du soldat
Sera dans ce combat
Le meurtre et le pillage !

La jeune fille fuit,
Le père accourt au bruit...
L'enfant qui crie et pleure,
La femme, le vieillard,
Sont frappés au hasard
Au seuil de leur demeure.

Par le fer

Et les flammes,

De l'enfer

Les infâmes

Ont déchaîné la furie,

Et, sortant de la tuerie,

Des démons

En liesse,

Par l'ivresse

Furibonds,

Poursuivent dans la vallée

Une vierge échevelée

Et courant

Au rivage

D'un torrent,

Dont la rage,

La préserve par la mort

D'un épouvantable sort.

. . . .

Des horreurs de ce jour et de ce lieu funeste
Ne me demandez pas de vous peindre le reste.
L'histoire vous dira comment furent souillés
Les foyers envahis, les villages pillés.
Des soldats, faits bourreaux par leurs chefs insensibles,
Ont réduit à la mort par ces actes horribles
Des peuples frémissants à vaincre accoutumés.
Mais dans ces jours d'effroi, trahis et désarmés,
Ils ont dit : que la France, indigne de clémence,
Méritait de subir insulte et violence,
Qu'un peuple envahisseur, *par un juste retour*,
Dans le sang et le feu doit s'abîmer un jour.
Eh bien ! si Dieu le veut, dispersez notre cendre.
La voix de l'affligé saura se faire entendre
Et nous ramènera peut-être par le deuil
Aux sentiers de la paix qu'ignora notre orgueil,
Tandis qu'à vos foyers le spectre de la France
Vous fera savourer les fruits de la vengeance,

Fruits amers, vains remords, et fatal souvenir
Qui *d'un juste retour* menacent l'avenir.

. . . .

Peut-être, à vos foyers, que des vierges timides
Après avoir prié, souriant au matin,
Remerciant le ciel de leurs regards humides,
Pour fêter le retour dresseront le festin,
Et mêlant leurs accents aux chants patriotiques
De leurs blonds fiancés, effeuillant leurs bouquets,
Pour ces bourreaux d'hier, aujourd'hui pacifiques,
Émailleront de fleurs la coupe des banquets.

. . . .

Mais les flots du torrent ont fait pour la Française
Le cortége funèbre et le glas sépulcral
Jusqu'au vallon tranquille où leur course s'apaise,
Près des myosotis et du lis virginal,

Sous les blancs nénuphars ils ont couché la morte,
Au bord du calme étang qui reflète les cieux.
La lune y vient veiller, le vent du soir y porte
Comme un écho mourant de soupirs et d'adieux.

20 Août 1870.

AIGLES ET VAUTOURS

Admirateurs de Rome antique,
Ses Aigles reviennent à vous.
Assez de liberté publique !
Elle excite notre courroux.
Notre vol jusqu'aux cieux s'élève :
Français orgueilleux ! suivez-nous.
Votre gloire avec nous s'achève,
Nous triompherons avec vous.

Abandonnez les coqs galliques
Aux mains d'un peuple laboureur.
L'emblème des vertus civiques
Ne répandrait pas la terreur.

Petits oiseaux ! votre humble joie,
Le libre essor, les libres chants,
Aux yeux du fier oiseau de proie
Sont plus coupables que touchants.

Fuyez au loin ! car pour la France
Il n'est plus le jour enchanté
Où se levait dans l'espérance
Le soleil de la Liberté.

Dans les orages des tropiques
Les couplets âpres et brûlants
De nos hymnes patriotiques
Animeront nos yeux sanglants,

Et d'un bout à l'autre du monde,
Esclaves, mais triomphateurs,
Nous irons au-delà des ondes
Distribuer des Empereurs !

Phénix des anciens jours, renaissez de la cendre !
Magnifiques Césars, paraissez à nos yeux !
Race de conquérants, plus dignes qu'Alexandre
De courber l'univers sous un joug glorieux !

Non ! ce n'est pas assez que la gloire des armes
Et les mâles vertus d'un héros généreux
Pour couvrir tant de sang, de ruines, de larmes,
Pour étouffer la voix de tant de malheureux !...

La pourpre et la splendeur des cours impériales,
Les pompes du sénat, les faisceaux du licteur,
Et l'éclat enivrant des marches triomphales
Ont fait du Peuple-Roi votre humble adorateur.

Quand vous lui bâtissez d'immenses tabernacles
D'où les chants et l'encens s'élèvent jusqu'aux cieux,
Quand vous lui fournissez du pain et des spectacles
Il peut en votre honneur remercier les dieux...

Jusqu'au jour où les murs des arènes sanglantes
Où vous l'initiiez aux froides cruautés,
A l'ivresse du sang et des chairs palpitantes,
A la faim, à la soif des âpres voluptés...

Tomberont sous l'effort des hordes innombrables
Des farouches Germains au combat défiés
Qui, féroces vautours, à vos aigles semblables,
Prendront part au festin des nobles conviés.

Les horreurs de telles curées
N'ont d'égales que ces horreurs,
Ces turpitudes endurées
Sous vos règnes, fiers Empereurs,

Et les hontes de votre gloire
Jusqu'à ce jour, ont préparé
Pour l'étranger cette victoire
Sur notre sol déshonoré.

Partez ! aigles impériales,
De gloire symboles menteurs,
Déployez vos ailes fatales
Loin de nous, oiseaux destructeurs !

Nos dépouilles sont dans vos serres.
Les éperviers et les corbeaux,
Hôtes de vos royales aires,
En ont partagé les lambeaux.

Aigles ! vautours ! oiseaux de proie !
Fuyez loin de nous pour toujours !
Que jamais plus on ne revoie
Ni les Aigles, ni les Vautours !

2 Septembre 1870.

4

LA LUNE DE SEPTEMBRE

Que regardez-vous
Dans la brune ?
Oh ! dites-le nous,
Pâle lune !

Je crois voir,

Muets et glacés,

Sur l'horizon noir

Vos rayons fixés

Dans la brune...

Oh ! pourquoi

Ces regards d'effroi ?

Là-bas, dites-nous,

Oh ! que voyez-vous,

Pâle lune ?

Ces odeurs,

Ce souffle mortel,

Ces lourdes vapeurs

Montant vers le ciel

Dans la brune...

Font frémir.

On n'ose dormir !

Là-bas, dites-nous,

Oh ! que voyez-vous,

Pâle lune ?

C'est là-bas
Qu'allaient, ce matin,
Prendre leur repas,
Faire leur festin,
Dans la brune...
Les vautours.
Y sont-ils toujours ?
Là-bas, dites-nous,
Oh ! les voyez-vous,
Pâle lune ?

Les horreurs
Des combats sanglants,
Toutes leurs fureurs,
Leurs débris fumants
Dans la brune...
Sont niélés
De corps mutilés.
Là-bas, dites-nous,
Oh ! les voyez-vous
Pâle lune ?

Dans l'azur

A peine étoilé

Votre front si pur

D'horreur s'est voilé

Dans la brune...

Demeurez,

Avec nous pleurez

Nos morts... dites-nous,

Oh ! les voyez-vous

Pâle lune ?

Morts obscurs,

Leur tombe est sans voix.

Sur les tertres durs

Ni pierres, ni croix

Dans la brune...

Visitez

Ces lieux désertés.

En revenez-vous ?

Oh ! dites-le nous,

Pâle lune ?

Chaque nuit,

Que votre œil pensif

Visite sans bruit

D'un rayon furtif

Dans la brune...

Les tyrans

Et les conquérants.

Sont-ils loin de nous ?

Oh ! les voyez-vous ?

Pâle lune ?

Portez leur,

Dans vos froids regards,

Les cris de douleur

Et les yeux hagards

Dans la brune...

Des blessés,

Et des trépassés

Morts sans repentir.

Faites leur sentir,

Pâle lune,

Qu'un Dieu fort,

Qui punit l'orgueil,

Compte chaque mort,

Marque chaque deuil

Dans la brune...

Au journal

De son tribunal

Pour le jour vengeur.

Oh ! dites-le leur,

Pâle lune !

5 Septembre 1870.

ABIGAIL A GUILLAUME

Roi vainqueur ! votre peuple, aveuglé de colère,
A demandé la mort de l'ennemi
   Qu'on ne doit pas tuer à terre,
Et qui, son honneur sauf, deviendrait un ami.
Mais, si vous lui cédiez, vous, dont la voix puissante
   Peut dominer sa voix,
Et ramener d'un mot la foule mugissante
   Jusqu'au pied de la Croix,

Et si, devant la Croix, orgueilleux souverain,

Vous disiez aux chrétiens, dont la voix vous adjure :

Je suis fort aujourd'hui, je serai bon demain !

Ah ! Sire ! vous feriez injure

A la Bible, à la Croix, au beau nom du Sauveur !

Pour le monde le sel n'aurait plus de saveur,

L'Évangile plus de puissance,

Pour vous, dès lors, plus d'espérance

De racheter le scandale éternel

Que Satan vous demande en ce jour solennel,

Pour affermir son règne et pour ternir le vôtre.

Résistez lui, soyez l'apôtre

De la paix. En ces jours d'horreur

Qu'un traité généreux couronne le vainqueur !

Si vous le refusiez à ces nobles victimes

Dont le sang, dont la mort a dû payer les crimes

D'un inepte et lâche tyran,

D'une espagnole fanatique,

Si vous le refusiez à cette République

Pure et digne dans le malheur,

Mais qui veut sauver notre honneur...

Ah ! vous répondriez, et vous seul, de nos âmes,

De nos rages, de notre sang.

Devant le juste Dieu qui commande à l'étang

De feu, de vengeance et de flammes,

De s'ouvrir tôt ou tard pour les dévastateurs,

Qui promènent la mort sous leurs pas destructeurs,

Et souillent l'éclat de leurs armes,

En prenant des vaincus la dépouille et les larmes.

Si votre Auguste front est celui de son Oint,

Ah ! Sire, arrêtez-vous, car à l'heure dernière,

Celui dont la Parole a dit : « Ne tuez point, »

Les réveillant soudain de leur fureur guerrière,

Pourrait dire aux vainqueurs : « Loin de moi, meurtriers !

Votre haine implacable a terni vos lauriers ! »

15 Septembre 1870.

LA PAROLE DE CAIN

Et Caïn s'éleva jadis contre son frère
Et le tua. » — Comment lui donna-t-il la mort ? —
N'importe, il le tua. — Et du ciel le Dieu fort
Cria : « La voix du sang s'élève de la terre

A moi jusqu'à ce jour ? » — Voix de deuil et de pleurs,
D'ignorance fatale ou d'esclavage impie,
Cri du pauvre opprimé, victime de l'envie,
Écho de la souffrance et d'amères douleurs,
Voix de sang, qui d'Abel étouffes la parole,
Oui, tu montes vers Dieu, vers le Dieu qui console,
Mais qui juge à son tour, en nous faisant cueillir
Les fruits d'iniquité que nous laissons vieillir ?

Car Dieu dit à Caïn : « Qu'as-tu fait de ton frère ? »
    Mais à Dieu Caïn répondit :
    « Suis-je le gardien de mon frère ? »
    Et par Dieu Caïn fut maudit.

.   .   .   .

Ils l'ont dit autrefois, les Juifs, de ces Gentils
Qu'ils devaient éclairer... Ils ont cru pour leurs fils
    Réserver toute la lumière ;

L'éclat s'en est terni dans leurs avares mains.

Le don de Dieu, le salut des humains,

    Et l'espoir de la terre entière,

Ils ne l'ont point connu ! Jaloux de leur trésor

Ils l'ont perdu, détruit... ils le cherchent encor.

Car Dieu dit à Caïn : « Qu'as-tu fait de ton frère ? »

    Mais à Dieu Caïn répondit :

    « Suis-je le gardien de mon frère ? »

    Et par Dieu Caïn fut maudit.

Les nobles autrefois, par orgueil despotique,

Au peuple gémissant dans l'angoisse et la mort

L'ont dit : Dieu les jugea ! Le flot démocratique

Qui les a submergés, nous a conduits au port.

Mais vous ! Bourgeois Français ! vous êtes responsables

    Des priviléges redoutables

Que vous avez si longtemps retenus ;

Comment en usiez-vous, et que sont devenus

Les peuples sous votre tutelle ?
Montrez cette France nouvelle
Que vous deviez former pour l'avenir !
Avez-vous à vos fils donné dans vos familles
L'exemple qu'ils devaient montrer à vos pupilles ?
L'heure a sonné... le peuple à son tour va venir !

Car Dieu dit à Caïn : « Qu'as-tu fait de ton frère ? »
Mais à Dieu Caïn répondit ;
« Suis-je le gardien de mon frère ? »
Et par Dieu Caïn fut maudit.

Ah ! ne le soyez pas ! Dieu, qui retient encore
Les temps et les cœurs en sa main,
Dieu, qui veut vous sauver, peut retarder l'aurore
De ce terrible lendemain...
Hâtez-vous ! écoutez la voix de cette foule
Qui monte jusqu'à vous, agitant dans sa houle

Les appétits grossiers, le blasphème railleur,

Le matérialisme abject, impur, frondeur.

Elle en a *de vos mains* recueilli la semence,

La graine a prospéré : c'est le temps des moissons !

Et nous qui craignons Dieu, nous qui le connaissons,

O Chrétiens ! prononçons notre propre sentence ;

Si nous avons donné, malgré ses saintes lois,

Des exemples d'orgueil, d'oubli, d'indifférence

Et d'égoïsme hélas, ah ! donnons cette fois

    L'exemple de la repentance,

      Aux peuples comme aux rois !

Car Dieu dit à Caïn : « Qu'as-tu fait de ton frère ? »

    Et lorsque Caïn répondit :

    « Suis-je le gardien de mon frère ? »

    Par son Dieu Caïn fut maudit.

1870.

5

L'HONNEUR DES VAINCUS

B rennus a jeté son épée
Dans la balance de la paix,

Et la noble France trompée,

Mourante et pliant sous le faix,

Refusant ses meilleures larmes
Aux enfants sur son sein roidis,
Doit céder au destin des armes,
Et plier sous le *Væ Victis*.

Source de luxe et de mollesse,
Qui ne nous porta point bonheur,
Voici notre or, notre richesse :
Prenez tout, excepté l'honneur !
Car c'est pour ces arrhes menteuses
De gloire et de prospérité,
Qu'en des mains lâches et trompeuses
Nous vendîmes la liberté.

Vainqueurs ! achevez la curée
Des limiers Napoléoniens :
De la servitude dorée
La France a rompu les liens.

O Germains ! à vous la victoire,
Le butin, le lot du plus fort :
Pour ses fils l'honneur et la gloire
Des héros, jusque dans la mort.

Si c'est en vain qu'ils ont pu lire,
Sous le règne des Empereurs,
L'historien du Bas-Empire,
De ses vices, de ses fureurs;
S'ils furent matérialistes
Ou dévots superstitieux,
Fanatiques ou fatalistes,
Dissolus, vains, ambitieux,

Tu pourras, Tacite moderne,
Flétrir nos générations,
Et laisser cette page terne
Pour l'exemple des nations.

Mais, dans cette lugubre histoire,
Ah! que ton austère pinceau
Réhabilite leur mémoire
Sous les palmes de leur tombeau!

Et toi, Française, épouse et mère
De ces morts et de ces captifs,
Arrache, en ta douleur amère,
Les atours de tes bras oisifs;
O femme légère et frivole!
Qui pris tant de part dans leurs torts,
Que du moins rien ne te console
De ces souffrances, de ces morts,

Si ce n'est de placer toi-même
Dans le plateau de la rançon
Tes bijoux et ton diadème,
Ne conservant que la leçon,

Le deuil, la fidèle mémoire
De ces fils de ta vanité ;
Et, drapant sur ta robe noire
L'écharpe de la Liberté,

A ton foyer deviens prêtresse
De la foi, de la charité.
Fais ta parure et ta noblesse
D'une chaste simplicité ;
Qu'avec respect, sur ton passage,
L'étranger puisse désormais
S'incliner devant ton visage,
Epouse ou veuve d'un Français !

1870.

DIEU TE RELÈVERA

Humiliez-vous sous la puissante main
de Dieu, afin qu'Il vous relève, quand
il en sera temps.

Mes yeux se fondent dans les larmes,

O fille de mon peuple, en voyant tes douleurs!

La poussière et le sang voilent tes nobles charmes;

Tes fils en vain courent aux armes,

Ils n'ont pu conjurer l'excès de tes malheurs.

Ces fiers amants de la victoire,

La victoire les a trahis !

Courtisane inconstante, et pour leurs ennemis

Dans le sang des Français trempant ses doigts d'ivoire !

Car notre sol fumant est jonché des lauriers

De cette vaine gloire,

Qui séduit et qui perd un peuple de guerriers.

Vois, pour cette amante infidèle,

O France ! tes fils immolés

Mourir captifs et mutilés...

Et que n'avaient-ils pas, hélas ! donné pour elle ?

Nés sur son sein fécond et favori des cieux,

Que d'esprit, de vertus et de dons précieux

Eussent fait des Français une race immortelle,

Sans ce fatal amour de gloire universelle !

Elle les a séduits, elle les a perdus ;

Dès leur tendre jeunesse elle les a vendus

A cette vanité despotique et frivole

Qui les enchaîne à son pouvoir.
Elle les fit plier sous l'indigne férule
Qui, sous le nom de ridicule,
A frappé si souvent l'honneur et le devoir!

Un jour c'était la foi, le Dieu de l'évangile,
Le beau nom de Jésus, qu'il fallait outrager
Pour payer un renom plus prompt et plus facile,
Ou faire l'esprit fort dans un cercle léger ;

Ou, c'était la science honnête et sérieuse
Sur laquelle à tout prix chacun devait gloser,
En professant l'escrime adroite et captieuse
Du critique qui sait tout dire... et tout oser.

Ou, c'était le respect des liens de famille,
La morale sévère et le viril amour,
Qui sait se garder pur et dont la jeune fille
S'enorgueillit sans crainte et se pare au grand jour,

C'était la mère tendre et l'épouse fidèle,
Servante et souveraine au foyer conjugal,
Elevant dans l'honneur sa fille sage et belle,
Et son fils doux et fier, au cœur pur et loyal...

Qu'il fallait échanger, ô honte! ô sacrilége!..
Pour te peindre d'un mot, honteuse vérité,
De quel nom assez bas hélas! me servirai-je?..
Qu'il fallait échanger contre... l'impureté.

O France! c'est ainsi que se sont avilies
Tes jeunes fleurs, ton espoir, ton amour...
C'est ainsi qu'en tes mains elles restent salies
        Et languissantes pour toujours.
Les sincères vertus et la ferme constance
En quittant le foyer ont fui la nation,
Et tes fils, sur tes fils usant leur violence,
Vont peut-être ajouter la révolution,
Le combat fratricide à la lutte mortelle
Qui t'a meurtri le sein d'une marque cruelle.

Tu les presses en vain d'apaiser leurs fureurs,

De t'en épargner les horreurs,

Sur ton sein déchiré tu joins tes mains sanglantées....

Hélas! entendront-ils tes plaintes déchirantes?

Ah! dirige vers Dieu tes regards éperdus,

Les soupirs repentants là-haut sont entendus;

Ceux que l'orgueil perdit retrouvent l'espérance,

Même au sein de la mort, dans l'humble confiance.

Espère et courbe-toi sous sa puissante main,

Il te relèvera! Peut-être que demain

Pour tes yeux dessillés, pour ton âme ravie

Se lèvera le jour d'une nouvelle vie!

1870.

MEA CULPA

Ne te réjouis point sur moi, mon ennemie,
    Et ne dis point en ton orgueil:
Parmi les nations il n'est pas une amie
    Qui sur la France mène deuil.
Elle a dit: « Je suis reine et je ne suis point veuve,
    L'ennemi, je sais le punir;
Je puis vaincre à mon tour et surmonter l'épreuve
    Que me réserve l'avenir.

J'ai pour Dieu *le Progrès*, c'est en lui que j'adore
> Et mon génie et ma valeur.

J'ai pris pour fiancé, dès ma naissante aurore,
> Pour époux immortel: l'honneur!

Mon radieux matin dans une nuit profonde
> A surpris les peuples divers:

L'éclat de mon midi rayonnant sur le monde
> Doit régénérer l'univers.

Il voudra, poursuivant ma course triomphale,
> Jusqu'en mes vices m'imiter.

Plus haut que tout principe et que toute morale
> Mon étendard saura flotter! »

. . . .

... Et tu ne connus pas, au jour de ta puissance,
> Le chemin de vie et de paix.

Tu lias sur ton cou la gerbe de vengeance,
> Puis tu succombas sous le faix.

La fragile beauté, qui te rendait si fière,
    S'est flétrie en un seul moment,
Et ses restes sanglants ont parmi la poussière
    Traîné l'or de tes vêtements.
Si j'insulte tes morts, tes cendres, tes ruines,
    Qui maintenant empêchera
Qu'à mon tour j'applaudisse aux vengeances divines ?
    Est-ce Dieu qui te vengera ?

— Oui, c'est Dieu ! C'est la main que tu vois étendue
    Inexorable contre moi,
Qui du sein de l'abîme où je suis descendue
    Me retirera par la foi !
Oui ! si je suis couchée en d'épaisses ténèbres
    Dans le silence du tombeau,
Il peut faire briller dans ces limbes funèbres
    Les rayons d'un matin plus beau.
Aujourd'hui, sans tourner contre mon adversaire
    Une aveugle et vaine fureur,

En ces mots, devant tous, à mon Dieu tutélaire
Je veux confesser mon erreur :

Je méconnus ta loi, méprisai ta promesse,
A la voix d'un clergé menteur,
Quand tu voulus, Seigneur, aux jours de ma jeunesse,
Devenir mon sûr conducteur;
Et lorsque je rompis la chaîne méprisée
De mon vasselage moral,
Je maudis mon Sauveur, et sur la croix brisée
J'osai dire: *Dieu c'est le mal!*
De code suranné je traitai l'Évangile.
Je dis « brisons ce joug si dur, »
Et de ceux qui m'ont faite ignorante et servile
Je tolérai le joug impur.
Je jetai le flambeau qui vers les hautes cimes,
Pas à pas, doit nous diriger.
J'agitai dans mes mains la torche des abîmes,
Insouciante du danger...

J'ai vidé jusqu'au fond la coupe des blasphèmes,
    J'ai pris l'audace pour vertu,
Ivre d'impiété, dans mes luttes suprêmes,
    En trébuchant j'ai combattu.

Ma superstition aux rages infernales
    Dévouait un peuple immortel;
Puis, quand de ma raison vinrent les saturnales,
    J'offris le reste sur l'autel.
J'ai nourri sur mon sein d'un amour idolatre
    L'enfant qui me flatte et qui ment,
Et mes fils premiers nés, pour qui je fus marâtre,
    Hélas! où sont-ils maintenant?
Et moi! qui proposais aux jeunes Républiques,
    Souriantes dans leur berceau,
L'éclat présomptueux de mes vertus civiques
    Et la gloire de mon drapeau,
Je l'ai donc échangé pour les dorures viles
    De ce peplum impérial,

Après avoir souillé dans les guerres civiles
Les plis du voile nuptial :
Et mes plus jeunes sœurs, en ces luttes cruelles
Qu'elles surmontent par la foi,
Malgré tous les écueils, s'en vont libres et belles,
Seigneur, en marchant avec toi.

O toi ! qui les retins naguère au bord du gouffre
Où les entraînaient leurs erreurs,
J'élève à toi le cri des hontes que je souffre.
Au milieu de ces profondeurs
Montre-toi ! tire moi de ce sang, de ces fanges !
De mes enfants sèche les pleurs,
Et, plaçant dans nos mains la coupe des louanges,
Brise la coupe des douleurs !
Le doux rayonnement dont tu m'avais ornée
Pour faire aimer l'aube du jour,
Et l'éloquente voix que tu m'avais donnée
Pour témoigner de ton amour,

Grâces, touchants attraits, accents dont j'ai su faire
>   Des moyens de séduction,
Ta main les a flétris, ta main les a fait taire
>   Au jour de l'indignation.
Ah! renouvelle-les par un don de ta grâce!
>   O toi! qui fais vivre et mourir,
Sauveur des nations! qu'un secours efficace
>   Sauve celle qui va périr!

1er Octobre 1870.

LES CLOCHES

ESPÉREZ — PRIEZ — PARDONNEZ

Cloches des morts! cessez!
Votre voix est si triste
Pour le cœur qui résiste
A sa douleur... Cessez!
Ne tintez plus dans l'ombre!
De nos chers trépassés
Ne dites plus le nombre.

Assez ! cloches de deuil !
Puisque la fosse sombre
A vu nos morts sans nombre
S'entasser à son seuil,
Taisez-vous ! car la France
Sur ce vaste cercueil
Perdrait toute espérance !

Cloches ! ne dites plus
Aux épouses, aux mères,
Dans leurs douleurs amères
Que le chant des élus !
Reprenez les cantiques,
Les voix de l'*angelus*...
Cloches mélancoliques !

A l'heure du réveil
Cloches ! sonnez matines ;
Du sommet des collines
Dites, que le soleil,

Lorsqu'après la nuit noire
Il resplendit vermeil,
Brille de plus de gloire.

Cloches ! le long du jour
Que vos notes pressées
Élèvent nos pensées
Vers le divin séjour,
Où la sainte clémence
En éternel amour
A changé la vengeance.

1870.

MISCELLANÉES

L'IDÉE ET LA FOI

Quelle est cette femme placée,
Sans mouvement et sans couleur,
Sous une lumière glacée
Emanant d'un ciel sans chaleur ?

Ses yeux sont clos, son corps est roide.
Dans la transparente vapeur
Qu'elle est belle ! mais qu'elle est froide !
Son amour au monde fait peur !

C'est en vain qu'autour de sa tête
Flotte le voile nuptial :
De l'hymen arrêtez la fête
O vous ! amants de l'idéal.

L'idéal, c'est la morte
Dont le visage est beau,
Doux fantôme, qu'emporte
Un fantôme nouveau,

Pâle et privé de vie,
Qui s'efface à son tour,
Illusion ravie,
Et décevant amour !

Mais vous tous qui menez la fête,
Quand le monde mène le deuil,
Qui souriez, hochant la tête,
Et triomphez sur le cercueil,

Arrêtez-vous, troupe insensée!
Le Dieu qui fait vivre et mourir,
Remettra cette trépassée,
Qu'en vos mains il laissa périr,

Dans les flancs qui l'ont enfantée,
Son premier, son sacré berceau;
Et, dans la foi ressuscitée,
Il la scellera de son sceau.

Ne portez pas la morte
Dans le sein du tombeau:
Du ciel un ange apporte
Un remède nouveau.

Immortelle et bénie,

Elle aura, dès ce jour,

La carrière infinie

Et le fécond amour.

———

LES NAUFRAGÉS

Aux mânes de P. P.

Vous qui ne voulez plus du ciel,
  Oh! que faites-vous de la terre
  Si pleine de tristesse amère,
  Si vide de bonheur réel?..

Vous qui ne voulez plus du ciel,
Oh! que faites-vous de la terre?

Voulez-vous vivre pour jouir
Heureux, égoïste et coupable ,
Des biens qu'un autre misérable
S'efforcera de vous ravir ?..

Voulez-vous vivre pour jouir ,
Heureux, égoïste et coupable ?

Voulez-vous vivre , heureux vainqueur ,
Poursuivant une vaine gloire ,
Et mourir après la victoire
Désabusé , le vide au cœur ?

Voulez-vous vivre en fier vainqueur ,
Poursuivant une vaine gloire ?

Vous suffit-il hélas! d'aimer
D'un amour fragile et précaire ,
Qui laisse le deuil solitaire ,
Sans un revoir pour le calmer ?

Vous suffit-il hélas ! d'aimer,
D'un amour fragile et précaire ?

Voulez-vous vivre pour l'orgueil
Inflexible, austère et stoïque,
Et descendre mélancolique,
Muet, roidi, dans le cercueil ?

Inflexible, austère et stoïque
Voulez-vous vivre pour l'orgueil ?

Marins sans gouvernail, qui, dans la traversée,
Cherchent au sein des flots un joyau précieux,
Les uns, contemplatifs, bercés par leur pensée,
S'en vont au gré de l'onde, abusés, mais heureux.
D'autres, poursuivant sans relâche
Quelque sublime ou sainte tâche,
Se heurtent rudement aux écueils d'ici-bas,
Méconnus, outragés, souvant portant leurs pas
Dans une obscurité profonde,
Perdant chaque jour pour ce monde

L'espérance de jours meilleurs,

Et n'entrevoyant rien ailleurs...

Alors, sans Bible et sans boussole,

Vous, que rien ne soutient, vous que rien ne console,

Poussés par un courant fatal

Contre le roc inaccessible,

Vous vous brisez à l'impossible,

O! naufragés de l'idéal!

Oh! que faites-vous de la terre

Si pleine de tristesse amère,

Si vide de bonheur réel,

Vous qui ne voulez plus du ciel?

2 Septembre 1870.

TÉNÈBRES

Celui qui marche dans les ténèbres
ne sait où il va.

Où sont-ils allés par delà leur tombe,
Tous ceux qui sont morts sans foi, sans espoir ?
L'âme voulait vivre, et le cœur succombe.
Par delà leur tombe hélas ! qu'il fait noir !

Tous ceux qui sont morts sans foi, sans espoir,
Traînant après eux leurs chaînes passées,
Par delà leur tombe, à l'horizon noir
Sont-ils allés seuls avec leurs pensées ?

Traînant après eux leurs chaînes passées,
Leur amour déçu, leurs espoirs brisés,
Sont-ils allés seuls avec leurs pensées
Et le souvenir de tous leurs péchés?

Leur amour déçu, leurs espoirs brisés
Leur tendant les bras à travers le gouffre,
Et le souvenir de tous leurs péchés,
Est-ce là le ver dont leur âme souffre?

Leur tendant les bras à travers le gouffre,
Est-ce le bonheur pour toujours perdu,
Et le ver rongeur dont leur âme souffre,
Leur droit d'immortels à jamais vendu?

Est-ce le bonheur à jamais perdu
Pour ces étrangers du monde invisible,
Leur droit d'immortels ici-bas vendu,
Exil éternel, sans retour possible?

Pour ces étrangers du monde invisible,

Pour ceux qui sont morts sans foi, sans espoir,

Exil éternel, sans retour possible...

Par delà leur tombe hélas! qu'il fait noir!

———

THÉCLA

SOUVENIR D'UNE MORTE

Traversant cette vie amère,
J'ai hâté mes pas vers le ciel,
Trop... car j'ai devancé ma mère
Aux saints parvis de l'Eternel.

Hélas! dès les premières pages
De mon histoire d'ici-bas,
J'ai vu de ravissants présages
Se changer en sinistre glas.

Et pourtant j'aurais voulu vivre,
Lorsque vint l'heure de mourir;
Je voulais achever ce livre
Qui parle d'aimer... de jouir...

D'autres ont su dès leur jeunesse
Ces mystères pleins de douceur.
Leur souvenir, dans la tristesse,
Fait le charme de leur douleur.

Mais moi, j'ai passé sur la terre
D'un pas léger et solennel.
J'arrive vierge et solitaire,
Aux noces mystiques du ciel!

PETITE JEANNE

Elle a fermé ses yeux à l'humaine lumière,
Et ne les rouvrira qu'au jour où le Seigneur,
De son corps gracieux ranimant la poussière,
La ressuscitera pour l'éternel bonheur.

Les choses d'ici-bas n'ont eu dans sa pensée
Qu'un fugitif reflet, le plus pur, le plus doux.
Elle a connu sa mère, et puis elle est passée
Dans son petit cercueil en quittant ses genoux.

Elle ne parlera que la langue des anges.

Elle a ceint leur couronne au sortir de ses langes :

Sa coupe ne contint qu'une goutte de fiel.

Aux premières douleurs alors qu'elle succombe,

La troupe des pécheurs l'accompagne à la tombe,

La troupe des élus la reçoit dans le ciel.

LE RUISSEAU

Nos jours s'écoulent comme une ravine d'eau.

L'onde s'échappe gémissante
Du rocher qui la retenait;
Elle tombe toute tremblante
Sur la mousse... et le ruisseau naît.

Il fuit le sein de la montagne,
Qui le nourrit près de son cœur ;
Il gazouille dans la campagne,
Insouciant de son bonheur ;

Il arrive jusqu'au bois sombre,
Où l'attend l'austère sapin :
Plus de liberté sous son ombre
Pour le petit ruisseau mutin !

Quand de cet asile il s'échappe,
Aussi le voyez-vous courir :
Et de peur qu'on ne l'y rattrape
Toujours plus fort il veut bondir !

Mais bientôt un bassin de pierre
Le reçoit : l'horizon blanchit,
Du grand jour brille la lumière,
Et le bassin la réfléchit.

Les fleurs de la verte colline
Enfin l'accueillent à leur tour.
Sur le flot une fleur s'incline,
Le flot la baise avec amour.

Mais au murmure de son onde
Quel murmure vient de s'unir ?
Une source pure et profonde
Marche avec lui vers l'avenir.

— Adieu colline ! adieu prairie !
Voici la plaine et ses moissons.
Et sur ton cours, source chérie,
La rose fleurit aux buissons !

Des nuages à triste mine
Voudraient ternir ton bleu miroir ;
Mais l'églantier et l'aubépine
Le protégeront jusqu'au soir. —

Et cependant le noir orage
De débris souille le ruisseau.
Ses flots luttent avec courage
Pour les rejeter de leur eau.

Puis la chaleur tarit la source,
Et l'été redoublant d'ardeur,
Un sable brûlant dans sa course
Reçoit le pauvre voyageur.

— O fleurs ! qu'êtes-vous devenues ! —
Mais le couchant d'un rayon d'or
A coloré les rives nues,
Et le ruisseau sourit encor.

Humble ruisseau ! tu peux sourire.
La douce étoile du berger
Sur tes flots apaisés se mire ;
Elle saura les diriger.

A minuit, quand la lune rêve
Sur le lac aux profondes eaux,
En lui se recueille et s'achève
La course des petits ruisseaux.

———

LES ADIEUX DU PÈLERIN

Adieu! vous tous, adieu! vous toutes.
Frères et sœurs! sur le chemin
La nuit vient ; les célestes voûtes
Vont s'étoiler jusqu'à demain.

Voici ma dernière vesprée,
Témoin de mon dernier sommeil.
Quand demain l'aurore pourprée
Du jour fêtera le réveil,

Sur mes yeux pèseront encore
Les ombres qui vont les ternir ;
Mais mon âme aura vu l'aurore
Du jour qui ne doit pas finir.

Une pure et sainte allégresse.
M'aura rajeuni pour toujours.
O mes amis ! de la tristesse
Et du deuil abrégez les jours !

Compagnons du même voyage,
Dans les ténèbres d'ici-bas,
Le même soleil d'âge en âge
A nos yeux ne brille-t-il pas ?

Sa lumière douce et féconde
Cessera de luire aux matins ;
Et des lois qui règlent le monde
Seront effacés les dessins ,

Avant que le phare des grâces
Perde, dans la nuit de la mort,
L'éclat des rayons efficaces
Qui nous disent « voici le port ! »

Un à un, dans ce port céleste
Que nous prépare Emmanuel,
Des pèlerins quittant le reste,
Nous abordons à son appel.

Tout est prêt : qu'importe l'orage,
Et les ombres qui vont passer ?
Sois béni ! terrestre naufrage,
Qui vers le ciel dois me pousser !

TABLE

—

DEUILS ET ESPÉRANCES

MISCELLANÉES

9 782014 060751